在 場

/ 　4Samantha　著

證 明

名家推薦

影像是儲思盆，我們把悲傷的回憶、會心的笑靨藏在某次的快門裡，讓日子可以繼續往前走。我們都嚮往與已知的人分享未知的世界，但在這個你我關係誰也說不準的時代，與未知的人分享已知的世界，又何嘗不可呢？謝謝 4Samantha 的紀錄作品，從光影的故事到社會科學的真摯，很高興我們都在場參與。

攝影創作者　cityflaneurs

攝影在很多時候可能帶著侵略感，一種獵取和占有，但她的照片卻沒這股緊張氣味。像一期一會的溫柔側記，鏡頭彷彿只是微微點頭眨眼，不打擾地融入了自然光影或人們神情。她的書寫亦如是，明明那麼沈思於所讀所學，努力推敲著人世難題，卻沒有知識的傲慢或憂鬱的自溺，字裡行間盡是謙遜的吐納，豁然的開朗。於是，你所打開是一本輕盈好看的書，但你無法忽略它真誠用力的重量。

社會學家·作家　李明璁

這些照片，讓我想到光和影子親愛的瞬間……照片裡的光線，好像是攝影師本人給予的，她先預備了一個空間、場景，然後巧手、精巧地去放置光、塗布光，光的顆粒、光的密度、光的來處和流向，彷彿光也是顏料的一種。讀這些照片，是愉悅、享受的事。

詩人　林婉瑜

透過 4Samantha 的作品，看見了光存在的意義。

忘記是從何時開始關注 4Samantha 的攝影作品，記得對她的第一印象是：「這個女孩看見的世界好不一樣」，無論是在鏡頭下、或是字裡行間，她總是能用自己的思維去呈現，看著她以光書寫的每一篇故事，偶爾漆黑、偶爾明亮，是最靠近我們心裡面的真實。

部落客　食癮，拾影

作者以文字和相機做為媒介，用迷茫卻堅定的態度探索著自己與世界的關係，字裡行間皆可以感受到作者對於未知的享受以及只屬於青春的肆意。

作者寫道「我是討厭著，但還不是時候放棄。我想厭世的人是保有希望，才會討厭的。」令人感同身受。 她以獨特的洞察力，講述出人之所以會厭世，那最柔軟的原因，這本書與作者一樣，不會裝作什麼都知道，但也不會停止探索。

插畫家　盈青

蘇珊‧桑塔格於《論攝影》中寫及一段話：「收集照片就是收集全世界。」

每一幅影像於創作與被觀看時，成為創作者與觀看者各自世界中的一小塊碎片，每一個得到這碎片的人借之所建構出的世界卻不盡相同。

4Samantha 不只是影像收集者，更是創作者，她不僅為自身，更同時為影像的觀看者建構出一個世界與另一個世界之間的橋樑，並以文字為導引，領著你走進更深更遠之處。然而，你並非走向遠方，而是走進你的內裡，走進更深的自己。

在她的影像與文字之中，能使人照見自我，看見你曾用生活與生命所努力建構的溫柔世界。

劇作家　陳曉唯

4Samantha 用影像書寫她感性的視角，再用文字爬梳她理性的思緒；這些辯證的過程是很珍貴的，因為一旦往前了當下即成為過去。一直覺得她有清澈的眼睛，可以把前方的霧都看得透明。

喜歡在她的創作裡一起迷路，聽她娓娓道來她的困惑，我們便可以在她的困惑裡找到自己的答案。

攝影作家　蔡傑曦

目次

Chapter 1　暗的在場

Chapter 2 光的在場

Chapter 3 愛的在場

Chapter 4 不在場

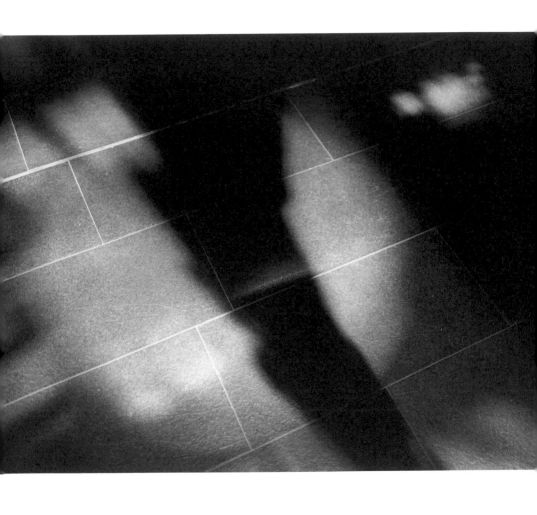

Chapter 1

暗的在場

我不確定現在有沒有抵達更遠的地方
但確定的是，我已經不站在原處了

深淵

深淵裡看似一片荒蕪，卻蘊藏種種可能的起源。

長期以來找尋人生意義，在某次課上聽到尼采（F. W. Nietzsche）時，頓然理解人生其實是沒有意義的。他去除所有預設，拒絕推卸給過去的選擇，每一刻都是全新的，每一刻人都能創造自己的意義。枷鎖瞬間斷開，從此以後意義可以由我來立了。此刻的遺落，剛好把過去的自己拆解，重組成新的樣子。相信生命意義不是找尋而來，是自己建構而來。

我們每年都以為，明年會不一樣，其實不然。讓不一樣發生的，是每個作出決定的時刻，是那個選擇才帶來改變，是你的行動才拒絕妥協。

謹記每個艱難的時刻，待在原地放聲大哭，放任眼淚變成雨水。我不想再任由自己毀滅，任由他者的惡意侵略，這是單次性的勇敢時刻。事件不是必然，命運都是偶然。

現在才正要啟航，要繼續害怕，也要繼續堅強。
如此才有力量，讓願望停止幻想，讓自己成為方向。

青春年華

一邊沮喪的時候，卻發現自己也能成為領路的光，也能給他人照亮。你說你看著我，就是一直努力在做想做的事啊。其實深知自己容易放棄，才常常找了好朋友一起。

是喜歡那些事情的，只是有時候會被懼怕吞噬。但總不能受傷就喊痛，不順就放棄，那什麼事情也做不了。難關會在，但跨過就好。朋友曾和我說，當我感到困惑，代表看到了問題，而這問題會帶我找到答案。無論這個答案是什麼，來得快或慢，都會是下一次進步的開始。遇到瓶頸時應該開心，因為突破挑戰後得到的是成長。

謝謝你總是陪我一起。只要每一天，我們都有接近想成為的自己一點，那就能抵抗充滿惡意的時間一點。無論哪天回頭來看，我們依然做著喜歡的事，成為自己喜歡的人。其實你們才是燈光，一直把我照亮。

萬幸已經找到自己的一些特質，逐漸變成嚮往的那種大人。名為長大的苦澀漸漸回甘，正是自己想要的青春年華。

麵包學徒

　　廣告系的大學同學在臉書上發文，說她畢業後沒有進廣告業界，而是回家鄉當麵包學徒。她知道在講求績效的社會中，這樣的選擇沒有實際用處，但她只是想實踐夢想。

　　做麵包其實不是件浪漫的事，每天五點半起床晚上十一點就寢，平日學技術假日學理論，她花了很多體力適應，花了很多心力學習。看到她的文章很是感動，既然以後工作都要異化三十年，那麼為何不把握現在想做，但對未來履歷可能沒有「實質效益」的工作呢。

　　「異化」（alien）是什麼？
　　異化是指兩物分離，甚至產生對立。

　　如機器是人創造出來，為了讓人省力之物，但在資本體系下的工廠，人卻要配合機器的步調生產，人失去對工作的掌控。勞動本應帶來創造的快樂，卻在資本主義的世界裡變成被迫的生產，工作與人分離，成為一種活命的手段。

　　回家鄉當麵包學徒，這樣的選擇看似一點都不划算，卻讓她對「工作」有了不同看法，從勞動中體會到工作的本質不只是生

產，更是創造。如此親身實踐，理論概念便從書本上跳出，豐富
她往後人生的想像。

透明的人

　　某次關係結束後，情緒低落了整整一年，我碎在陽光照顧良好的樹葉上，任人經過與踩踏。生活並非失去重心，而是從來都沒有它的土地。因為一個人的人，不會知道自己在哪裡。

　　世界上沒有一個東西是真的。

　　婚禮上的浩瀚誓言可以是社會身分的籌碼，多年來的拉拔長大可以是利益疆界的鞏固，驚喜般的命中注定可以只是恰好有橋而已。

　　今天學妹這麼告訴我，說她也很喜歡寫作，可惜目前只能謄出無病呻吟的句子。可我多想告訴她，那就待在原地，不要再寫下去了，當你發現解藥的同時，也會看到傷口。我也想盡寫些絕美的荒蕪，而不歷經風凍寒霜，更想排出迷人的對仗，而不穿越萬貫熔漿。但很多時候並非自己想寫，而是命運所然，因為抗拒不了命運，於是只能記錄命運。

那個冬天好多時刻感覺自己不再完整，某個部分碎掉了，但落地的靈魂反而折射出一路以來堅持的模樣。最為自己感到驕傲的是，在感情上從來都對得住自己也對得起他人，不隨意釋放訊息也不做模糊的人。真實才能被真誠相待，我要踏實然後誠懇。

　　後來最想感謝的是好朋友們，很幸運能被守護著，在每一次好想消失的時候，他們總能清楚看見我。所以我要拾回坦承，就像一直以來選擇的：當個透明的人。

我是恆星

　　關係結束後面臨的是更多的疑問，為何我們會走到這裡，為何是我問出問題。進進退退的過程讓心麻痺，很難再相信一段新的關係。朋友安慰我說，你要將目光拉回自己，不要在他身上探究因果了。

　　是啊，我的課題不在他身上，我有我自己的航程。當我發現自己和他的航道不同，那很好，就像宇宙裡有大大小小的航道一樣，我有一個他無法跟上的軌道。那麼他的引力就讓他離去，我要知道我的軌道比他的引力重要。

　　我是恆星，不是他的衛星。我要繼續前進，不必擔心送出的能量有沒有回來，只要一直航行，就會遇到其他星星。

　　有些事是先相信才會存在的，時常跌倒的勇敢是，微微發光的愛也是。相信今天一定會比昨天好，相信你一定會找到他，相信自己一定會被看到。

　　若你是一顆即將獨行的星，我也不擔心，你會航向更遠的星系。

興趣與工作

以前不理解「興趣」與「專長」的差異。開始攝影接案幾年後，終於懂了，後者很容易變成「工作」，因為做得好、做得穩，開始有對價關係有僱傭條件。那麼「好」，就不能再只是單次意外的「好」，需要長期穩定的「好」。

過去待在「興趣」階段時，往往擔心拍得不夠「好」。可是現在回想起來，那些不夠「好」，才不夠「好」讓它們成為可以販售的「商品」，也才不會讓後續的交易影響單純喜歡的原因。這或許才是「興趣」最珍貴的地方吧，因為創作，本來就不是為了拿去販賣。

所以我常和朋友說，如果你真心喜愛攝影，不一定要把它當成維生的工具。大學時期我聽過一位攝影前輩的分享，他說他每天都在從事攝影工作，但離攝影已經越來越遠。攝影，你可以把它當成私藏的興趣，用別的方式維持生活，讓攝影保留在最原始的初衷。

攝影只是媒介

有次讀到一段攝影師的話，他說：「如果你還年輕、有時間，你應該去學習，研究人類學、社會學、經濟學、政治學。學習，你才知道自己在拍的是什麼，你可以拍的是什麼，以及你應該拍的是什麼。」

後來我停下拍照，花了很多時間閱讀。

我們學習的心理學與影像技術，都是為了引導人們如何觀看。若媒介僭越了本體，就像視覺刺激凌駕了訊息，那只能產出流於形式的複製品，重要的還是內容。攝影只是說話的媒介，重點從來都不是技巧、色彩、飽和度，是了解自己是誰，再透過影像說出自己的話。

若與既有世界抽離，就有足夠空間審視所占的位置。閱讀與反思的過程，一直是讓我解決所遇煩惱的途徑。我不確定現在有沒有抵達更遠的地方，但確定的是，我已經不站在原處了。

理論狂熱者

　　朋友常笑我是理論狂熱者，每次讀到迷人的理論，都會貼長長一篇到訊息對話框裡。學習理論像是學習新語言的過程，途中充滿驚喜，原來語言是這樣建構世界，是這樣將一個個思想堆疊成堅固的論點。

　　常覺得理論和被文青討厭但又暢銷的心靈雞湯叢書很像，它們都是對世界抱有理想才書寫的。只是理論有了更系統性的論述，明確點出問題後再尋找解方，而心靈雞湯往往停留在感性抒發的階段。可許多人覺得理論無用，理論太不顧現實，但理論其實是最實用的方法，最貼近日常的理想。

　　上課時，聽著老師每週導讀不同學者的理論都很感動，原來百年前的思想家是這樣關心他們的時代。理論將人與現實拉開了距離，讓事物背後的結構無所遁形。也理解自己所站的位置不全是努力而來，很多時候是我擁有的資本讓我能站在這裡。

　　讀到批判理論的時候，沒辦法再無憂無慮的快樂了，過往的忽視如今都浮上檯面，和我擁有相同膚色的人們，卻不是過著相等水平的生活。但知道一切不是必然，也有了力量尋找不必如此的可能。當疑問有了新的視點，命定的框架便開始鬆動。

近兩年來因著閱讀，也漸能看見痛苦的所在，再也不能當個無憂無慮的人了。總有人被不平等對待著，總有些處境不該稱作命運。許多時候無關乎能力，只是身為既得利益者的我們太幸運了而已。撕開美好外皮，世界是一顆正在流膿的爛瘡。我是討厭著，但還不是時候放棄，我想厭世的人是保有希望，才會討厭的。

　　若能站在前人肩上，思考這時代的議題，理論就能跳出書本，與我們一起向世界提問。如果讀書不是為了抵達遠方，而是能在書中正視自己的時代，看見糟糕的環境，明白自己不是無能為力。擁有認識世界的方法，也能起身改變，就非常足夠了。

沿途風景

「你覺得你可以為我們公司帶來什麼？」

是兩年前面試工作的其中一題。這題在心中演練了千百回，果真被問到了。到了職場，已經沒有多餘時間等你成長。四年脈絡一貫而下，大學生涯只為了問清一個答案：「我究竟是誰？」之後我將被壓成一份扁平的A4紙，在市場上兜售。

畢業於XX學校，變成XX職員，每天早晨擠在大眾運輸系統的小小個體。

大學期間，往往不願自己所學在未來僅成為產業後備軍，但面臨生存考量時，仍期望自己不是最低的價。可是我不想被選擇，我不想被定價，我不想走往看得見終點的路。

我想繼續流浪，我想作出產業之外的選擇，想去探險一條未知的路。雖然這條路看似虛幻，但那又有什麼關係，沿途風景就是我出發的目的。願我們永遠在路上，不在意抵達的地方。還好是這個年紀，所有的幻想不至於尷尬，一切的空想都還藏遍希望。

與世界顛倒的想法

　　面對畢業的年份更加慌張，成長帶來的豈是軟弱。為何面對確定的未來想要抗拒，面對不確定的未來反而害怕，這都令我非常不解。話說得少了，隱藏大於坦然，這可不是什麼好事。

　　在未來我們一定會隨著時間而富有，也會變得膽小。所以要在一無所有的時候練就膽量、練習說話，即使是牙牙學語也沒有關係，不要等到什麼都有了，卻什麼也不敢說了。現在的幼稚與不夠完美未必是壞事，從未來往回頭看，這正是難能可貴的誠實。

　　因為歷練太少，所以不敢說得太多。但如果不嘗試著說，漸漸地就會對周遭無感，冰凍陳封。還好因為青春正燒，無由來的思緒特別多、特別雜、也特別好。

　　趁還有保護網的時候，大聲說話、盡量受傷。讓原本得被歸納的，都破除原有的框架。在隊伍之外，是與世界顛倒的想法，那或許是解方，或許是海洋。

心之所往

　　當長輩跟你說做什麼吃不飽的時候，你說總要在心裡問自己，餓不餓、想吃什麼、想要怎麼吃。朋友在十九歲時和我說了這番話，而二十二歲的他開了一間古早味碗粿店，只為實踐夢想。

　　謝謝你一直把勇敢分給我，在我每次覺得人生好難的時候。這些執著果真在多年後結了果，每個步伐都造就不同。用青春寫狂草，排成一頁頁未乾的篇章。我們都從這人生軌跡中獲得了些什麼，那是時間給的禮物，你的執著會繼續陪著你往前走，所以不用怕。

　　在我迷茫時你引路，在我躊躇時你點燈。每每與你暢談總是喚起初衷，謝謝你當時伸出的那雙手，領我到現在。遊走成長，時間會把我們塑成更好的模樣。你的心之所往，就是方向。

一帆風順

　　成長不是年齡的跨越，是正視自己的方向。看著以前的幼稚，不會感到厭惡，而是謝謝你帶我來到這裡。我們已經走過了那麼多地方，也在前往某個地方的路上，路途小徑都是風景，抵達與否已經不是目的。感謝每個讓我離開原地的事件，因為它們的發生，讓我再一次思考我為何在場。

　　後來，我都希望一切不順利，順利就太無聊了。

　　一生平庸一帆風順，不要讓它們成為你的選擇。已知的路線不會有迷惘，也不會知曉矛盾的渴望。沒有後路的人生，艱苦也幸運，因為當後退只會墜落，就沒有不向前的理由。

　　如果日子太順遂，會滑得失去方向。要有些阻力，才能行走不致跌倒，在嘗試中找到平衡，在錯誤中找到方向。所有的現在都是過去的水到渠成，日子都是連在一起的，一切都是有跡可循。

我們花了大半時間釐清自己是誰，然而這一點都不浪費時間。

　　長大後許的願望大多是別忘記初衷，因為已經找到自己了。
對隔著不遠的未來說，願你保有善良，不遺棄坦率，理解簡單
最深層的意義，然後不忘記它們。

　　相信年歲與成熟無關，最愛的話仍是 Belle & Sebastian 樂團
的歌詞「Color my life with the chaos of trouble」，平淡不是所望
的人生，期許自己永遠幼稚，願意信任也值得被信任。

大學重考

　　每當別人問起過往最有意義的時刻，我會說是大學重考。最重要的一天不是我的生日，是我繳交休學申請書的那天，那是我第一次為自己作出重大決定。荒唐性格至此不必躲藏，我能坦然活出。

　　一路走來的迷茫只有自己知道，但它們非常重要。這個異於規則的決定，位移看似回到原點，路程卻大到無法準確計算。我從法律系重考到廣告系，在廣告系接觸了社會學，現在到了傳播所，種種的確證都指向著，一切不是安排好的，是努力前往的。

　　休學重考的時候，我關掉臉書也很少和朋友聯絡。重考的每天只在五坪內的小房間移動，親友的期望像顆巨石壓在身上。我開始使用 Instagram 記事，藉由寫下的文字與自己對話。我們在困境時，以巨觀的角度來看，是很無能為力的。但在微觀的角度時，不一定只能選擇走往悲傷的方向，選項都是自己加的。

重考後也保持了書寫的習慣，深知自己記憶力太差，事情若不特地寫下就很容易遺忘。有天就想著，如果那些腦海閃過的思緒，能用文字或影像記錄下來，是不是就可以很清楚回頭看過去的時光。有了過去才不至於忘記，是什麼讓我走到這裡。

有時候，生命是必須經過一些痛苦才會轉彎的。一定會有枯竭的過程，可那些過程有時候才是真正的養分。眼看前面是一場暴風雨，也要欣然前往。

因為我不想永遠待在燈塔，我想要出航。

我們已經走過了那麼多地方,
也在前往某個地方的路上.
路途小徑都是風景.
抵達與否已經不是目的.

多邊形

　　每當我越了解自己，越發現我融不進群體。越奮力確認，卻發現自己每次都是突出的那塊矩形。許多人看著自己的邊角，努力使其圓滑而光亮，但我不想再這麼做了。我願變成多邊形，隨著時間成長而不改其志的角色。

　　「創造始於分歧，對話來自差異。」是那天讀到李歐塔（J. F. Lyotard）的感想，差異讓意義更豐富了，缺口朝往的是未來，是更多的可能性。

　　過去成長中許多抗衡的時刻，差異總是被優先剪除，留下的是一道道真實的傷口。剪掉的不是差異，是我。差異如今被允許存在了，不再有一個大家都要朝往的方向，每個人都有自己要奔向的道路。當沒有一個普世的絕對原則時，我們終於可以好好面對自己了。放棄世界的量尺，轉身面對自我的極限。

　　也許每個人都像三稜鏡，擁有不同的邊角比例，經過陽光折射後看見各自不同的色彩。很多時候，「差異」是提出問題的關鍵，改變既有命題的破點。差異與差異的中間，創造是從那裡產生的。

本真死亡

假日沒事的時候，時常會找講座來聽。

有次聽完紀金慶老師的哲學講座，就對海德格（M. Heidegger）的理論深深著迷。海德格提到的本真死亡，描繪著生命中突然有一天，對原本追尋的事物感到無力，像是失去重心跌入深淵，不知該往何處去。

看似發瘋的狀態，對海德格來說卻是正視自我的時刻。不再追逐過去的重心，我們便可以靜下心來，回答生命的提問：我是誰，我要往何處去。

朋友有次沮喪著說，他覺得自己正在面臨本真死亡的時刻。我告訴他，不是每個人都有機會面臨這樣的時刻，當然會痛苦會困惑，可是深淵只是改變的起點，你不會永遠停留在這。

成長的過程中可謂越來越透明，好像就是知道自己沒辦法成為其他人了，所以接下來要好好面對自己。這段時間每天都在經歷本真死亡，卻也因著這個死亡持續感到新生，感到活著。

時間有時行走如光

因為害怕未知，所以把幸福鎖住，那籠裡的青鳥要怎麼帶你去更遠的地方。光是盤算就容易疲乏，相加煩惱更失了平衡。太混濁的擔心只會讓立足點傾斜，再也找不到原本的正北。

擺脫鏡中自我是難熬的，打破既有框架是困難的，價值觀就像集體意識一直循環在彼此的血液中。但不代表一生都得固守疆域，活在被安排好的軌道裡。生命的意義在於創新，未知不是可怕的，是可預見的。

已經看得到盡頭的路，為什麼還要繼續走下去呢？
浮在水面不會自動漂往他方，唯有自己願意移動才會看到水花。

時間有時行走如光，有時把我留在路上。生活偶爾會被誤闖的人打亂，再被陌生地歸回原位，也會因為某些陰晴猶疑不定，再被大雨洗刷整新。無序的起承轉合，大概是這陣子的寫照。不強求的歸位，在休息區充飽電後，隨時都準備好重新開始。

　　一路上的奔馳，也許瘋狂，也許慌張，開心還能保留來時的
模樣。目標日漸明確，儘管路途大多微光。有光才有影，跟著影
子去找光。

Chapter 2

光的在場

我不想為了抵達時的美景
錯過現在剛好的驚喜
追尋步伐的軌跡比終點更曲折
卻也更迷人

迷路也是一種路

　　時間往往流得太快，焦急地想拿所有去兌換。於是排好隊，等待閘門一一通關。帶上路太重的提不起，太輕又怎麼稱得上行李，猶豫讓熱情耗盡了更大一塊。換了什麼、去了哪裡，但兌換的主體始終是握著它們的你啊、你啊，你才是最重要的。

　　有為自己喜愛的事情努力過，那麼一切外於你的他人話語，都將喪失合法性。若沿途風景已經進入你的眼睛，步伐軌跡都會成為往後的動力。

　　曾經以為人生必須安排妥當，後來發現迷路也是一種路。這裡到達目的地之間的距離，是意義發生的場地。

　　把迷路也排進你的人生規劃中，因為知道人生占滿了太多的不確定，荒唐正是年少合理的踰越，困境中別心急、在旅途中別擔心。而我也還在霧中，仍未確定方向。不過正是因為這種未完成，才能把生活記得更深刻了。

在場證明

　　我是在義大利西北邊的 La Spezia 出生，它是靠近佛羅倫斯的小海港。媽媽生下我時，醫院登記必須要先有英文名字，媽媽就取了 Samantha（音譯是莎曼莎）。

　　Samantha 是我的本名，也是護照上的名字。
　　每次和新朋友介紹自己時，時常會被誤認為影集《慾望城市》的角色，或是電影《雲端情人》的電腦系統。但都不是，Samantha 其實是1964年美國影集《神仙家庭》（Bewitched）的女主角，媽媽非常喜歡這部影集。女主角 Samantha 是一個聰明、善良和樂觀的女巫，她擁有魔法，動動鼻子就可以解決煩惱。

　　媽媽希望我也可以像影集裡的 Samantha 一樣。
　　因為人生總有困境，但也要有勇氣面對。我想，這些攝影與文字，也許就是我的魔法，讓我有勇氣面對每個困境的在場證明。

　　每個階段的省思，正是暫時總結過往生命的機會，從中可以看見自己的改變。好像這樣，即使還沒確定方向，也不至於那麼害怕。每次起身勇敢的時刻，都是一個個重要的在場證明，是我從黑洞走向光明的足跡，努力用自己語言說出的字句。

可是如果一直回頭看，要如何往前走呢？
在場證明只是當下而已，我不會永遠停在這裡。

而我也還在霧中，
仍未確定方向、
不過正是因為這種未完成，
才能把生活記得更深刻了。

抵達

我曾經非常在意「抵達與否」，只是它現在已經不重要了。

我不想為了抵達時的美景，錯過現在剛好的驚喜。出發隱含兩個元素：看見現在在哪裡，以及離開原地的決心。我看見我現在在這裡，我可以前往任何境地。

如果為了誰抵達彼方，對方也不一定在原地等待，而為自己設下目標的抵達，也會因著途中經歷的成長，不再保有抵達之前的狀態。很多時候也無法確定，自己究竟有沒有真的「抵達」？

所以有沒有抵達都不是件重要的事，也沒有所謂目的地。只要一直在路上，一直願意奔跑，就可以一直成為光芒，一直為他人照亮。

廣告本位

　　我大學讀的是廣告系，訓練了四年廣告本位的思考。導致很多事情上我容易以「產值」衡量，甚至曾以 TA 的概念看待自己。

　　TA 是 Target Audience 的縮寫，目標受眾（目標客戶）的意思。世界上沒有一個商品是賣給所有的人，廣告人都會設想產品之後要販售的對象，具體描繪出消費者的輪廓。行銷最重要的就是定位和包裝，但是人是活生生的啊，不是只有單一面向。

　　「商品」需要定位才有市場，「人」卻不能完整定位。「商品」有生命週期，「人」會一直成長，當你成長的同時，觀看你作品的讀者也在長大。你成長，你的讀者也會跟著一起成長。

　　後來我不再用廣告思維來看自己，不要以影響力為依歸，你是自己最重要的 TA。你在做的事情當下就產生意義，無論別人有沒有看到。

　　這是我選擇將數字 4 加在 Instagram 帳號中的原因，4 在英文中唸作 four，音近 for。4Samantha 就是 for Samantha，我希望我的作品不是為了別人，為了一定要被誰看到。作品有沒有「被別人看到」，只是創作的副產品。創作的重點應該是「被自己看

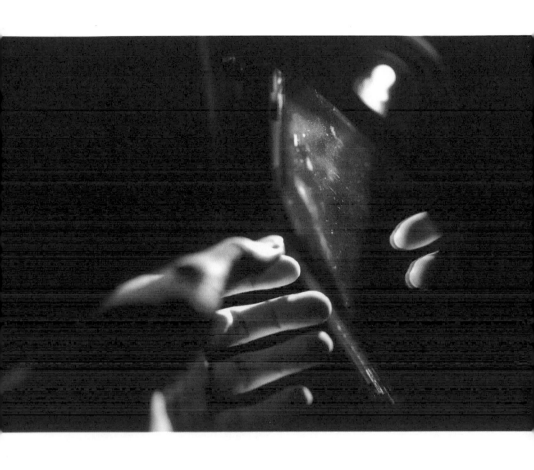

到」，創作是和自己對話的過程。

　　當你不再將點閱率當成評判作品的標準，不再跟著眾人的掌聲
迭起，這時候創作才能回歸自己。

剛好的選擇

　　剛上大學的第一次家聚，我和學長姐聊了有關交換學生、雙主修或輔系、實習工讀、校外比賽、科技部計畫和未來職業的事情，有學長笑我太貪心了。但一路走來，反而覺得貪心是好事。萬物對比渺小的年歲，如單面鏡只能看到同側的自己。

當我大二變成學姐時，也講了些自認為要傳承的事。無論是想玩過四年，還是忙過四年，攤開後的時軸都是相等的。擺在我們眼前的通常不是巨大的困難，而是細小的選擇。

在每個選擇上，個性裡的多種差異正在彼此角力，爭論著未來會變成如何的自己。這些鍾愛的事才構成了我們，所有選擇終將匯成人格，成為個性。只要堅持住信念，無論前往哪個地方都會通到同一條路上，這條路不是現在的選擇，而是你的個性。

日子轉到大學的最後一個學期，我反覆思索若能重新開始，會不會有不同的大學生活？朋友卻說沒有最好的選擇，只有剛好的選擇。有些大門為你敞開，也有些大門由你親手打開。沒有最好的選擇，只能努力讓每個可能變成選擇。在每一次的剛好，做到最好，讓下一次的來到，更加美好。

回顧過往時，當然免不了後悔，但總要清楚現在正在做的事、踏的路。真正的幸福感是來自每個瞬間的總和，是那天翻開好久以前就該看完的書，這麼想的。

研究是旅行

大四那年，系上學分都修得差不多，我開始到外校聽課。最遠的學校需要換三種交通工具才能抵達，在長長駛去的列車上，我每週都重新想一遍，為什麼會找到這班列車，然後搭上它。所幸我真的都抵達了，晴朗或是下雨的晚上。

只要熱情還在，閱讀也還行走，那麼害怕沒關係，因為想去的地方不會被忘記。雖然這條路現在還看不到盡頭，但只要先過去那裡，一定可以看到更遠的土地。

成長途中總是充滿懷疑，不是一開始就決定目的地。有時候你得先到那裡，才能看見更多，才有機會作出框架之外的選擇。繼續走，步伐雖慢，也是離開原有之地。

最近時常想起去年上質性研究課程時，老師說的這句話：「研究不是挖礦（digging），而是旅行（travel）。」不是因為確定有答案所以前行，而是接受各種意外與驚喜的旅行。知道終點在哪，還是要去，因為每一次都會有新的發現。我想人生也是這樣吧，要一直相信閱讀可以帶你去遠方，然後就真的能抵達。容我再逃到書裡，再迷路一些，也許就能抵達地圖上沒有記載的地方。

與你們相遇

帶有稜角的個性，一次次被柔軟的心包容了。
過去傷痕的經驗，也都被往後遇到的善意覆蓋。

好喜歡西賽羅（M. T. Cicero）《論友誼》描繪的關係，友誼不是出於利益，而是善意，不是因為我需要，也不是因為你需要。友誼不是軟弱而生的同情，也不是利益權衡的算計，僅僅是因為愛他，是自然且必要的感性。

常和別人開玩笑說自己朋友少，但沒說出口的是，每一個都特別珍貴。謝謝他們願意打開私領域，讓我得以接近得以了解，被信任是件美好的事。在廣闊的宇宙中，浪漫的文本把堅固的理性都軟化，人沒有從歷史中被忽略，反而更看見我們是人，是一個個柔軟且可以被愛的人。

感謝在你身上看到寶藏的人，僅存微弱電量也要把你照亮的人，是他們接收我的破碎與慌張，常常告訴我不要害怕。以至於我的膽小能長成堅強，脆弱也包含了許多力量。多麼榮幸和你們相遇，從此以後都是好天氣。

價值觀

　　畢業之際許多朋友選擇到國外留學或工作，最常在訊息裡聊到該如何適應新環境。我也在畢業那年暑假前往美國旅行，短短三週就體會到很多價值觀的衝撞，種族歧視、貧富差距、環保議題都從書本上跳出，直接在眼前發生。

　　初訪異地的確很難適應這樣的變化，價值觀隨時都在被挑戰。但價值觀不是妥協出來的，是一直堅持的。這些矛盾與衝撞都是美好的體驗，出去了才知道家的可貴，認識了不同的人才知道以往堅持的信念並非偶然，是可貴的資產。這些混亂會讓我們作出選擇，而不是妥協。

　　想起社會學中的批判理論，是在現實之前先有一個價值判斷，這個價值觀求的是「正義」。像是面臨貧富差距擴大時，馬克思（K. Marx）不是想辦法讓自己爬到階級的上游，而是詢問為什麼有些人被不公平對待。批判理論不是順應現實，它是先有一個正義觀，知道哪些價值是不能被稀釋掉的，並盡力去守護。

　　練習把所有的感受都記錄下來，小小的世界也要奮力碰撞，不要停止對話。要好好保護自己的價值觀，不要讓它被輕易交換。

愛情第三定律

　　牛頓第三定律談的是交互作用，作用力與反作用力。你施力於我，我必定施力於你。你付出多少的力，我也會回應多少的力。力量相同，方向相反。

　　朋友說著，科學家應該認為這是完美的狀態吧，因為彼此平衡與協調，如同真理般的存在。但他卻認為，牛頓第三定律是最悲傷的物理定律，因為人與人之間永遠都在拉扯，彼此消長。

　　人們為了要取得平衡，得犧牲多少事物呢？人與人之間的付出不能衡量，感情更無法量化。同樣都是人，總有一個愛得多，一個被愛多。作用力與反作用力是牛頓身為物理學家偉大的發現，可是它始終無法解釋情感。

　　我們的互動，永遠無法化為 0 跟 1。我付出不是因為想要得到回報，我愛你不是因為要讓你愛我，僅僅只是因為我想要愛你，我想要你知道，你可以被愛。

你拿幸運做什麼

　　研究所新生訓練的下午，老師說他以前也不理解，為什麼教授要請學生每週導讀文本。後來他明白，學習從廣大文本中擷取重點，並用自己的語言詮釋，正是抽象思考的訓練，也是研究所要教給我們的功課。但其實擁有抽象思考的能力與所處階級息息相關，位於中產家庭以上的孩子，比較容易進行理論式的抽象思考。

　　想起之前旁聽黃厚銘老師的社會學理論時，學到的一組對照概念：scholastic reason／practical reason。前者的「學術理性」，要求邏輯嚴謹的思考，而這種思考大多是旁觀，沒有時空壓力也沒有實作的挑戰，只是在一旁觀看；後者的「實踐理性」，是一般人在日常得立即作出選擇，有現實壓力的限制，很難作到邏輯一貫的思考。

　　老師也說，「scholar」一字譯作學者，它的字源意義其實是「賦閒」，有錢有閒的階級才有成本不切實際的思考，不像一般人在現實中得被迫作出妥協。如古希臘時代的城邦政治，也是因著有奴隸支撐其日常生產，才有機會培養天馬行空的想像。

我選擇繼續念研究所、待在學院內思考，是很幸運的事。但幸運以外，該思考的是：「你拿這些幸運做什麼？」因著這道牆，我們與外界隔開，暫時抽離塵世，便有機會跳脫日常。站在前人的視野上思考結構與行動，人在大環境中是否可以作出不一樣的選擇。

　　若慢慢帶離原本的自己一些，就能接近想要的人多一點。讓身體與理論對話，在一次次的建構中，撥開迷霧、往前踏步。閱讀不會是靜態的，會與你之前的生命連結，帶你走去新的地方。

　　我仍把學習視為一種奢侈，時時刻刻提醒自己是個既得利益者。有著不切實際的身分才能接觸這些，但未來的幾年，就奢侈地讓這些時間再延長一點吧。要更努力，才能對得起這些幸運。期望好好善待這份幸運，不再只有看見自己。

跨領域

　　朋友常擔心自己的「跨領域」在別人眼裡是虛度光陰，其他人總是擁有明確目標，走了一下就到。但我總覺得「跨領域」不是繞路，就是因為比其他人看過更多風景，它們在日後都會變成重要的推力。旁人看來的「不務正業」，反而會讓你更用心感受世界，更細膩體驗生活。

　　可能人們最後看的是抵達的地方，只有你知道，路途中遇到了什麼有趣的人、有趣的事。追尋步伐的軌跡比終點更曲折，卻也更迷人。我相信內在游離出的差異，之後會有更大的聲音。

　　想起研究所入學的第一週，和老師聊到系上資源無法完全容納自己的研究興趣，所以得一直去其他系所聽課。我擔心這樣發散式的學習，很難建立系統性的思考，但老師卻鼓勵這樣漫遊式的旅行。因為主流路線以外，永遠是有別種選項、別種可能的。

　　問題的出現從來不分領域，你有想被解答的疑問，你會起身尋找答案，你就建立了自己的可能。所以從來沒有跨領域這件事，只是喜歡的東西，需要透過好多不同的管道去接近、去了解、去完成。

讓知識經過你

　　剛進研究所的第一個月不太適應，時常對寫不好的研究感到焦慮，可眼前面臨的挫折，不就是我來這裡的原因嗎？我想要接受訓練、想要被改變、想要離開的時候不再是初來的容面。

　　現在的所有焦慮都來自不足，我想早點建立論述系統，我想早點確定研究方向。但「早點」不是我來這裡的理由呀，我不想如已經確定好的前輩們，得固定往後的路。讀書不該是一場注重效率的過程，應該是一條長長的迷途，因為每一次迷路，都能發現新的小徑。

　　老師看著我說，不要太早決定方向，現在正是讓知識經過你的時候。你要細細地聽、慢慢地想，讀進的這些思想，都在緩緩地擴大你的視野。向世界提出的所有問題，終會指向自身，一直找尋的何種答案。

就是因為不足、不會、不懂，所以來了。

有個小習慣是會把喜歡的句子貼進記事本裡，當成郵票收集。躺在記事本裡的它們，其實不會是靜止的，每隔一段時間看，心裡形成的對話都會反覆成長。

現在我們帶著各自的問題前來，相當期待，兩三年後我們帶著新的問題離開，那時看世界的方式已經不一樣了。如此便有能力，作出全新的選擇。

變項

　　給自己一個變項的機會，別在還能跑的時候睡著，還能努力的時候錯過了時間。日子可能一成不變，但你可以作出改變。不要讓同溫層阻擋你的成長，要去閱讀艱澀的書，在起霧的時候上山，你才會看見更多風景。

　　脫離固有疆域必定慌張，但沒有人能永遠站在同一個位置。就因未來是不可預見的，才有了空間放入各種意外的變項。這陣子遇到的每件事，就像安排好的，循序漸進應證內心每個想確認的問題。不要讓人生只有單一選擇，單一可能。

　　時序換了一回，我們走了一圈。這些那些，愛與不愛，印成日記。所學所往，綿延成徑，疊成風景。在荒唐中打滾，在混亂中點燈。不論往何處，要帶上自己。始終在前進，還不能放棄。有蜿蜒才有風景。

　　迷路的當下總是會讓人感到慌張，但森林中的隱藏版美景，只有迷路的人能夠到達。或換個說法，若沒有一定的目的地，也不算迷路。

情感先決

攝影學的老師曾說：「要成為攝影家，得先離開家。」

以前假日我很少出門，大部分都待在家寫作業或看電影。接觸攝影後，我常說不是我出門攝影，是攝影帶我走出家門。過去的我嚮往安定，不喜歡驚喜，喜歡固定的日程表，喜歡提前知道結局。

攝影改變了我，出門拍照最常遇到計畫之外的事，像是天氣突然變陰，導航帶你繞了小徑。從以前安排妥當的控制狂個性，讓我愛上探險愛上未知，變成一個彈性比較大的人。現在有了相機，哪裡都可以去。

我也因著攝影認識了一群好朋友。

一群人拍照有個很有趣的地方，大家明明去的是同個景點，卻可以捕捉到完全不同的照片。每個人觀看世界的角度是如此不同，再也不縮限在自己的框框裡了。

有次我和五個朋友到台南漁光島看日落，下午天氣很陰，想說應該沒有機會看到日落了。這樣想的時候天空忽然變色，出現了火燒雲。一群人好興奮地跑往海的方向，大家都好開心。

　　可是過半小時我們就得搭車趕回台北了，我連忙催促他們回頭走，大家紛紛露出不捨的表情。日落每天都有，但不是每天都有機會看得到，今天的日落更不一樣了，因為是和你們一起。

　　最後每個人都「倒退著」走路，一步一步退往停車的方向，腳步移動，眼睛還是要盯著夕陽，這畫面有趣極了。好像跟攝影的朋友出門，才能見到這樣的場面。

　　以前是拍照先決，先決定要去哪裡拍照，再找有興趣一起前往的朋友。現在則是情感先決，為了見到他們，哪裡都可以去。

如何學習攝影

之前去大學攝影社課分享時，常被詢問「新手該如何學習攝影？」，許多攝影師的回答是去找工具書或上網看影片教學，而我的經驗是：遠離這些，只要找幾個好朋友，帶著最初階的相機（甚至手機），就可以出門拍了。

剛開始光圈和快門都不要背，盡你所能地去捕捉畫面、熟悉視覺語言。我喜歡定焦鏡頭勝於變焦鏡頭，因為你不能拉近距離，只能靠雙腳移動。等到哪天，你的拍照技術已經不能呈現你想表達的東西，這時候才去補足你的技術，並非一開始就把工具書上的知識當律則遵守。

攝影一段時間之後，我為了補足技術的知識，輔修了圖文傳播系，但十分慶幸我只是個輔系生，我的所有美感都不會被當成本系生來嚴格對待。有些教授與學長姐，都會盡可能告訴你哪一種美感才是好的，哪一種不是。這樣實在是太可惜了。

攝影「框」的概念與電影的「分鏡」，為的就是固定住攝影師（或導演）想傳達的訊息，不然放一個遠景的監視器畫面就好了。框與分鏡這樣的技術限制，本意是讓創作者聚焦主題，並非縮限成「只可以這樣」。你要在技術之上創作，超越技術說話。

特寫

　　剛開始接觸人像攝影時，我站離被攝者很遠。

　　有天一位導演朋友和我說，你為什麼不嘗試站近一點呢？

　　可是這樣框內的人就無法和後面的景物對齊，因為 Instagram 頁面設置是九宮格的正方形照片牆，觀者無法只注視單張照片，總會和旁邊的照片一起看。因為這個設置，照片與照片之間就會互相影響，我也變得更重視照片是否「對齊」、「均衡」，照片裡的人經常是小小的。

　　朋友告訴我，特寫才能帶入情感。

　　於是我放下構圖限制，站近一點後，我看見更多，也能在框框裡放入更多訊息。

　　練習人像攝影的過程中，我大部分是找自己的好朋友拍攝。拍照是一種打擾，與人建立關係本身也是一種打擾。每次和朋友出門拍攝的第一個小時，我都不會拿起相機，只是與他們搭上車，開始聊天、開始旅行。我不希望我的鏡頭成為別人壓力的來源，我希望我是讓人感到安心的存在，有這樣的時刻我才會按下快門。

　　畢業後身旁朋友逐漸忙碌，每個人都有自己的旅途。漸漸明白，朋友能給你最寶貴的禮物就是時間，謝謝他們願意讓你打擾，讓此刻有你的參與，是多麼榮幸且珍貴的事。

　　我看見了你此刻的模樣，我也很期待你未來的模樣。

價值取向

當我向世界提出疑問時，世界沒有回答。

但是這個疑問似乎帶我走向更遠的地方，容我在那裡繼續尋找。記得老師說的話：「自我實現是價值取向，不是目的取向。」重要的不是達成了什麼目標，而是是否還走在初衷的路上。

只要記得許下的願望，那麼無論走往何方，自己都是方向。

現在所做的努力如同校準自己的指南針，往想要的未來更靠近一些。「目的地」不可或缺，但現在在路上，「現在」也很重要。

不要回過頭來，只能嘆息當初的不夠想要，將你留在了這。
別讓那些失準的幻覺，把你困在自己的房間，你得作出選擇，才能被命運選擇。

Chapter 3

愛的在場

你可以從不被愛的事實裡死去
也可以在愛裡重新活過來

沒有發光的星星

　　傍晚和朋友聊天，他問我為什麼我沒有像他一樣，看見嚮往的領域內已有佼佼者而選擇自己退出？我非常理解他說的是什麼，因為太了解自己的能力，不必妄想太遠大的目標，也不必浪費任何形式的付出。

　　變老的第一個徵兆，是開始理解世上存在好多徒勞無功的事、努力也無法抵達的地方。而發現喜歡的事，就像搭上一班準點的列車，對我而言極其重要，是只要願意就能確認的方向。

　　所以我想，前來的我們，從沒打算透過這些「喜歡」達成目標或抵達哪裡，很多時刻只是「喜歡」著，這就是目的本身了。因為終於找到好喜歡的事，每次都覺得好幸運，也從來沒有想過自己會不會做得好，只是喜歡，所以來了。

　　雖然他們說，只要發著光就能被看見，但為什麼要拿發光的星星來定義整個宇宙呢？進行的當下就會有意義，不是為了要被看見。想起李明璁老師說的，有些星星看起來根本沒有在「發光」，但它還是存在於那裡。

由於這種還沒

　　帶著你的心出走，把它領去很遠的地方，跟陌生的地方一起生長。在你迷茫的時候、燃燒殆盡的時候、認為自己什麼都不是的時候，記住這些害怕，忘掉那些猶疑。繼續拿著秤子衡量得失，時間反而會落在失去的那塊，而且越來越重。

　　適度的害怕就像指引標誌，但過度的害怕卻是一團越入越濃的霧。要在自己覺得喜歡的事情上，多相信自己一點。每個人一開始都不知道最後會到達哪裡，都是慢慢靠近的，很多時刻都會感受到自己是願意一直做下去的。

　　敬心中最初的珍寶，因為稀少，更要好好保護它。焦慮都是好的，你要深信這些雜訊，還有獨一無二的個人特質，會帶你去更遠的地方。

　　在與世界交換以先，是絕對夠格做些奢侈之事的。好比泡在圖書館讀艱澀的理論、看看他人對影像的理解、讀詩人筆下浪漫的文學、花整晚重複播放一首歌、省公車錢步行前往覬覦已久的甜點店、硬是不開導航在台北巷弄中迷路等等。

　　因為還沒成熟，因為還不是時候將自己推出去，所以不斷去
探索迷濛的領域。由於這種「還沒」，更能把我們與既有規則劃
開一些，離刻板印象遠一些。最重要的，我們需要留時間去相信
自己的主觀，免得以後忘了生活本該怎麼深刻。

兩個黑洞

　　等火車的時候我問他，如果今天能選擇，與其選擇傷痕累累的另一半，是不是比較想要沒有受過傷的對象？他卻告訴我，這不是能選擇的。他會選擇的是那個「人」，不在意對方有沒有受過傷。

　　但痊癒需要時間靜養，傷痕需要細心包紮，一個內心受過傷的人，適合靠近受傷的另一方嗎？當然也很羨慕生長在全日照下的靈魂，但好多時候無法選擇，惡意通常沒有預警降臨，只能拿出寶劍保護自己。傷痕抵擋了傷害，卻也趕走了害怕的眼睛。

　　後來我終於懂他說的了，那就是在明白愛情之前，就已經決定要愛你。

　　如果兩個黑洞可以相遇，有沒有可能他們會相互繞轉，釋放出更大能量，大到互相涵括，創造另一個星系。在看見痛苦的邊際，心中的黑洞被允許存留後，從此不再飄移不定，你的存在就是我的奇蹟。

The one

　　如果我們作了 A 選擇，就會遇到 A' 事件。如果作了 B 選擇，就會遇到完全不同的 B' 結果。沒有命中注定，一切都是剛好的。如同包曼（Z. Bauman）在《液態之愛》裡所說，愛與死沒有自己的歷史，它們都是不存在因果關係的獨立事件。沒有命中注定的 the one，那個我們願意花時間相處、願意傾聽的人，就是小王子了。

　　因為以前生活中沒有這樣的存在，我們才會感到如此趨向與熱中，像是難解的語言終被翻譯，埋沒的定位有了收訊。生命突然解凍，好像真有人懂。但你繼續走，會遇到更多這樣的人啊。成長就是這樣子的，脫離舊有區域，會慢慢靠近想要成為的人。這些難能可貴的改變，是謝謝他們來過的最大證明。

　　我們一定會在未來的某天被看見，即便感到赤裸，也願意將自己交出去。他會讓你的話語得到傾聽，謎題能被解答。在緩慢理解生活的意義時，與你我有關的一切也來得不遲不早，剛剛好。時間會篩出最好的部分，要等，也要繼續前進。

量化

當今消費不斷追求差異，更貴的餐廳、更新的手機、更大的房子、更好的生活，就連不可計算的人類本質也開始要求品質，追求更有才華的伴侶。快速而方便的消費，讓人輕鬆抵達中產的夢境，但其實只是拙劣的模仿，也誤以為所有事情都能量化。

不是這樣的，當我們要透過消費才能得到快樂，認為人應當被分出階級，認為自身的機遇全因努力而來，只是太自傲了而已。很多時候是出生之前的社會位置，讓你的努力得以施展。既得利益者定義的快樂不是永恆的律則，是特定歷史下的產物，是可以改變的。

海德格（M. Heidegger）認為，當我們化約自然，以前對自然是有敬意的，現在卻只將自然當成「自然資源」使用，只朝向開採與生產等賺取收益的那面，以後我們也只會將人當成「人力資源」使用。所有的理解都會化成數字，一切以效率為準，並且界定成功或失敗，像是成績單上的 GPA、結案報表上的 KPI、體檢表上的三圍數字。

朋友問說這是最糟的嗎？或許最糟的是，心愛的人也拿這樣的量尺來審視自己。所以他愛的是我，還是我能帶來的價值？

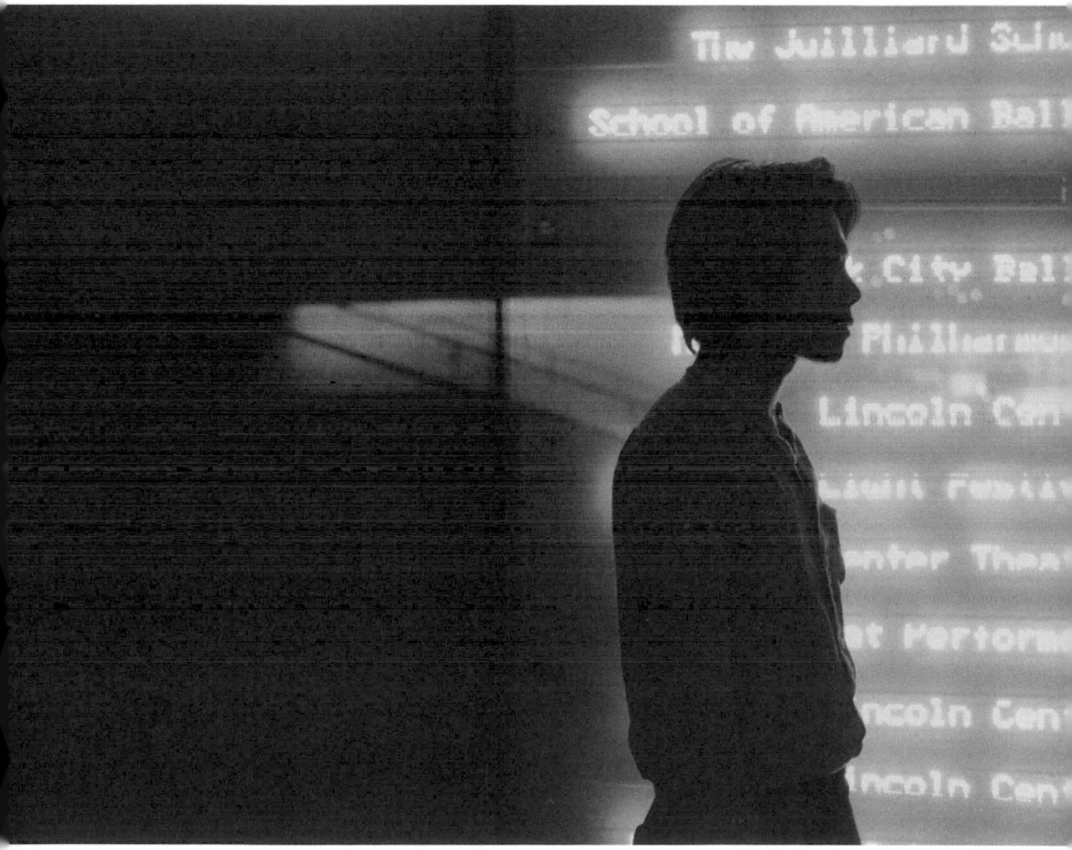
School of American Ball
City Ball
Lincoln Cen
Lincoln Cen

火流星

時常因為害怕受傷，不願意把心交出去，讓自己被孤單領養。以為自私很好，離愛遠遠的就能毫髮無傷。沒想到突如其來的大雨把你帶來，而你也帶了把傘。

「這不是妳的問題。」你溫柔地說，這些不完美才是成為完美的條件，缺陷才是情感的來源。謝謝你願意進入我的世界，讓過往的突兀都成了特別。好像只要有你的在場，我和世界也能和解。在一度放棄自己時，就這樣遇見你了。

在看火流星的時候，許願不再重要。
光是找到你，我已經用盡所有幸運。

雖然星星的時空是過去，但我很幸運有和你的時空同步。我們所聊過那些存在的理由，都將變成日後存在的座標。每當回頭看，這些煩惱與猶疑，在歷程上都變成一個個不可抹滅的起點。

寒帶的風

　　遇上他就像颳起寒帶的風，以為那裡壯觀只是不適生長，於是整個人掉進結冰的湖裡。把顫抖當成觀賞絕美風景的必要條件，但我應該要知道的——我天生就不適合寒帶。

　　後來有一串光點誤闖進來，另一個人從光裡走來，向我走來。

　　我相信我也會慢慢走往光的方向，因為我本來就屬於那裡，我只是走回家而已。曾經把他當成唯一，荒原只是映襯他的出現，虛無只是對比他的在場。但你會知道，也有個人可以不需對比，只要他走向你。

　　你會受傷，但你願意不再舔舐傷口，那麼這些裂縫就有癒合的可能。癒合並非消除，而是之後看到這些疤痕時，能意識到自己的成長。我想只有善良的人才會受傷。

　　我知道我們一定會幸福的，溫柔的人會有溫柔的歸宿。
　　會有那麼個人，站在彼端也努力走向這方。
　　願意一起受傷，然後一起成長。理解我的憂傷，也好好保護這光。

斷代史

眼前的許多困境雖是結構議題，看似沒有選擇，卻也充滿等待被填上的空格。時代轉換之時，看似沒有案例可循，卻是沒有限制的一整片天。

在你第一次意識到自己與他們的不同之後，你只要懂你的語言就好。你可要好好記得，你看見自己了。從此之後我們是寫自己的歷史，不是寫別人的。

即使筆下的青澀文字像是胡言亂語的壯膽儀式，但只要能離開眼前的現實，便有機會將此刻與過往斷開，當回人生的導演，提筆敘寫一段有任何可能的故事。生命不是已定的劇本，是未知的旅程，不是去尋找你的本質，而是創造自己的歷史。

每一天都是全新的，每一刻都是斷代史。你可以從不被愛的事實裡死去，也可以在愛裡重新活過來。我要相信一切都是分開的歷史，沒有命運這樣的事。

插曲

關係結束後，開始接受自己不被重視的事實，朋友提醒我，往後要花更多時間在愛你的人，而非不愛你的人身上。這都是好難的課題呀，去愛本來就不是為了被愛，他們為什麼那麼快就放下了？

我知道我一定可以做得很好的，就像以前也都做得很好那樣。雖然接下來的路只能自己走了，我依然非常期待。還記得你說的，難關之後得到的是成長。有天一定會從森林裡走出來的，像我所愛的那些詩一樣，在溫暖的日子裡，遇見，也被遇見。

就算一切只是徒然只是插曲，仍感謝你的來訪。像是一幅靜止的畫面原本只存在於空間，你的抵達開啟了時間維度，它因此變成一場電影了。

我又想起米蘭‧昆德拉（Milan Kundera）說的，我們無法確定一段插曲真的就是一段插曲。那些令人心動的瞬間，不會因為沒有結果而被抹滅，它使你成長，使你完全，使你來到這裡。

我相信我也會
慢慢走往先的方向，
因為我本來就屬於那裡
我只是走回家而已。

出發

　　有天和朋友討論時機與後悔，他卻說「好的時機與否都得回頭來看，才看得清楚吧？」我卻不斷放棄現在，一直想要窺探未來。但機會每天都存在。

　　他相信我可以走一條全新的路，只是害怕是肯定的，甚至害怕有時候才是動力的支點。雖然在槓桿原理中，因為有地心引力人不能把自己抬起來，但如果以心為支點，信念可以把自己擲向任何想去的地方。在這裡，「改變」會變得必要且珍貴，生命必須抗拒某種決定，才是真正為自己作出選擇。

　　歷經成長的每個時刻都相當尷尬，長大是一連串放棄心愛之物的選擇。我變得害怕下決定，想直接跳過這些碎片。但如果沒有在每個時刻好好活著，又怎能完全前往下一個地方呢？

　　現在不是決定一生走向的時刻，現在是出發的時刻。
　　在確定所愛之前，知道自己不喜歡什麼，也是方向。轉身都是路，怕什麼，每個路口都會有驚喜。

景深

　　許多人會以網路貼文作為認識對方的依據，但在社群平台揭露的不全然是真實，快樂日常是可以被營造的。真實生活充滿多種面向，比起豔陽高照，我更喜歡黑暗中的微光。每當面對困難，反覆思考與自我對話的時刻，更能幫助自己成長。這些複雜性，才是無法簡化人類的證據。

　　影像不能反映真實，真實相處才能，影像只是生命片段其一的碎片。

　　曾經接過幾次個人肖像委託，每次我都十分感謝他們的信任，但也同時害怕，他們不喜歡鏡頭下呈現的自己。害怕他們希望自己再瘦一點，眼睛再大一點，可是在觀景窗背後的我，喜歡你的每個樣子。

　　學習攝影初期我們都背過「光圈越大，景深越小」，景深就是相機對焦點前後清晰的成像範圍。光圈會產生「景深」，正因為人眼解析力有所「缺陷」，無法在明視距離下辨識百分之一英寸的點，所以光學儀器在精準對焦的前後，會形成一個逐漸增大的模糊圈。其實挺浪漫的，居然是因為人類的缺陷，才能看到美麗的細節。

　　我喜歡你笑得開心的樣子，期待你未來的另一半也能看見
這個樣子。你不需完美，只要被他看見。後來我都覺得拍照不
一定要對焦到，也不一定要曝光足夠，只要情感到位，其他都
可以不重要了。

錯置的時空

經過他之後，我已經忘記該如何與人建立關係，如何在恰當時間回覆訊息而不失禮，如何用正確語氣表達意思而不失真。其實我從沒學好過。

以為自己魚一般的記憶力，只是為了遺忘糟糕的事而自動演化的功能。但遇見他之後，我貪心想記住好的事情、壞的事情、所有的事情。後來只要想起美好的事情，痛苦也被連帶挖起。

我想好好站在當下，卻一直回顧過去。沒有道別的離開讓抽離的失重感一併襲來，好像在人海中找到了，自己也被看見了，靈魂終於找到了歸處。

我不要當個膽小又斤斤計較的人兒了，我要勇敢跟他說，我其實是很在意的。人們說這一切都會過去，可是我還在這裡。所以只要我還在這裡，他也沒走遠，一切都還有可能吧。人們只是對自己太沒信心，所以無法留住想要的東西吧。就像我總是太過膽小，才會不斷錯過每一個可以真誠的時機。

斷掉聯繫後，我想了很多關於「為愛改變」的事。這種改變是出自內心，好像這麼做就能更接近對方一點。曾經為了他把行程延後，對其他邀約視而不見。後來也出現願意為了我，更換通訊軟體也要保持聯繫的對象。我和他們都是這麼努力地想靠近另一方，但另一方和我們永遠不在同個時空，就算傳送了什麼，送達的訊息也會因為時效已過失去意義。

　　朋友笑說，我不是失戀只是沒愛成。但能怎麼辦，已經很努力了呀，已經放下太多自我，已經敞開封閉的門。已經很努力了，所以是世界努力不夠吧，沒有創造好的時機給我們吧。

　　坦誠之後，終於能算出我們之間的距離了，這也導致我無法前進也不捨後退。而他其實一直站在那，從來沒有走向誰。萬物在我眼中融成液態，靈魂從歸屬中分裂。心被攪動久了就會凝固，然後對愛無感。只能悄悄整理好經過他的心，告別這個階段的自己。

月光

　　曾經太想了解一個人，不小心走進幽暗的森林。迷人也就繼續待著了，他像黑暗中的光，微弱卻溫暖發亮。有一日卻只剩我站在原地。

　　當朋友和我分享她的感情經歷時，我像看到去年的自己。努力學習去愛，但對方並沒有把這愛接住，我們成了被愛流放的人。黑夜之中只剩我一雙眼睛，卻記得兩個人的回憶。他們都往前走了，為什麼我們還沒。

　　只能否定一切敘事，將痛苦轉化成理性，但我還在這裡，我還在這裡。問題沒有得到解答，只能一直走回去。可是本來就不會有答案，他只是經過，沒有留下過。所有願望都成了可笑的幻想，剩下自己在台上演出。

　　曾經有人讓我們以為是光，卻在某天離開以後，變得更加迷惘。但都過去了，以後我們也是小小的光，一點都不害怕，慢慢在夜晚發亮。這次光源在我們這了，我們也要把自己照亮。

　　我向來學不會道別，那就不說再見了。
　　我想一路逆風，我要還可以受傷。我會繼續發亮，像守護夜晚的月光。

保存期限

許多人都說拍照是為了記錄，但記憶真的可以被完完整整地收進相片裡嗎？

寶麗來公司（Polaroid）曾經推出「Fade to black」系列的拍立得底片，一天之內整張底片會變成全黑，像是拍攝一張注定會消失的照片。它原本是為了工業用途而設計，保存共享的機密訊息。

日本攝影師杉本博司的攝影作品《劇場》（Theathers），他找尋可以放映電影的戲院，在電影開始時曝光，直到電影放映結束後才按下快門，最後得到了一張充滿戲院座位細節、中間螢幕全白的影像。這兩件作品都在述說相機無法保留記憶，人才可以。

我喜歡攝影的其中一個原因，就是攝影必須在場才能拍下，攝影者必須親身抵達。影像前後的回憶是無法收進相片裡的，觀眾看到的只是事件的定格，只有攝影者可以體會整張照片的過去、現在與未來。

相機就是攝影者的眼睛，反光鏡投射的是無聲的記憶。
按下快門，這秒就是過去。

世界上的每件事物都有保存期限，生命也如此。
但只要記得，當下就是永恆。

柔軟的刺蝟

有天整理房間時，翻到朋友以前寄來的信。每次打開閱讀的時間點都不同，一樣的是都很羨慕他。在感情上他總是願意去愛去給予，去承受可能不是好的回應。

我時常讓猶豫替代了當下，總是拿付出衡量回應，讓愛變得節儉與吝嗇。我擅長逃避問題，讓問題隨著時間變質，最後我們的關係就成了更大的問題。

要被別人看見的確是件不容易的事，首先自己要先願意揭露，願意放下隱私和對方共築一段記憶。對方也要花時間理解，看見了之後，還願意跟你說，我看見你了喔！雖然可能會感到赤裸，但請不要害怕，因為我看到一些你自己都看不到的東西，而那些東西非常珍貴。像是刺蝟也有柔軟的一面，當牠感到信任與放鬆時，就會把柔軟的腹部露出來。

我和你之間相隔的不是一萬條短信，相隔的是走到你心裡的距離。星空沒有墜下，墜下的是我們。所以我要努力把話說得更清楚，我要告訴你我是想靠近的，我要努力讓你對我的理解，變成所有人都懂的語言。

故事的終點

故事往往都在結束之後才開始。

過去習慣以自剖的方式寫作，直到前年遇到一個神秘的人，我也想讓他對我感到好奇，所以也當起了神秘的人。

後來花了一些時間才認識到悲傷的語言，原來失去是這樣，原來想念是這樣。我找到靈魂伴侶了，我相信他也是。但我們位在不同星球，走失可能也是正常的事。

如今得知你在前往幸福的路上太好了。

還在習慣年初關於我的離開、你的停留原地，現在看來卻是我停在原地了。因為看見絕美的星球便不捨離開，把它當成家鄉居住也成了日子。

我還在努力建構自己的語言，也費盡全力不讓它們被摧毀。後來寫下來有個很大的原因是，我應該要移動了。雖然朋友說，我還是有在移動的，只是看不到終點的過程總是難受。但故事不是因為想看到終點才開始的，是因為想要和你在路上，想要一起前往任何地方。

Chapter 4

不在場

遇見你以前，我看不見我的暗
你是光，也是光害
我的世界再也看不到其他行星

我一點都不想

我不想被分到教室的隔離區
默許同學討論我的異常
我不想被收進案件的編碼箱
照著指示趨向他的正常

我不想收到匿名鋒利的語言
仍然保持與我無關的優雅
我不想盡力想起美好的事情
連帶誤闖幼年記憶的懸崖

我不想以貼文認識對方
彷彿所有悲傷都必須包裝
我不想在讀了更多知識
發現世界殘缺的無力發芽

我不想用許願提高心理門檻
因為未來從未能夠測量

我不想塞進那些衣服
我不想化上取悅的妝
我不想和一般人有著畫好的夢想
我不想為了勇敢得增加更多傷疤

我不想被人喜歡
卻懷疑他們遠在遙遠的海洋

我想喜歡不帶條件
我想行動不計成本
我想付出不求回報
我想給出諾言能夠做到

我希望當有人認為創作只為獲取名聲
是因為他過得太快樂了

很多時候是一直努力練習忘記
不斷找尋生命的維持器
才在抗拒中將封死的記憶從肉裡拉起

我不想擁有才華
也不想告訴他們

144

你只要一次次舔舐傷口
也會得到壯觀且流膿的結果

我希望他們過得非常快樂
一生平淡沒有風雨

／

但這些都能馬上與我無關
畢竟詮釋是我下的標語
不是只有單一命題

我明確知道自己是誰
我還對自己保有信心
只有我才能定義自己

你願意嗎

你願意學習我的語言嗎
它沒有固定文法
時常迂迴無章
你不一定能得到解答

但你會了解我
能讀懂我的幻想
看見青澀的模樣
還有想要朝往的方向

你願意旅行我的家鄉嗎
它可能時常有雨
終年不常開放
你不一定能安全抵達

但你會找到我
能走進我的浪漫
拜訪童年的海洋
還有藏匿寶藏的地方

我既沒有語言證書
也不能蓋到此一遊的紀念章
但我會一直找你說話
帶你走遍收藏的小巷

我無法保證會愛得猖狂
畢竟我天生缺乏
需要預留時間等它發芽

但我願意愛得剛好
讓你不致慌張

星際旅行

找到你
是一場微妙的星際旅行

亙古傳說在此興起
沿途黑夜收起孤寂
徒步抵達荒野仙境

讓我把語言完整翻譯
時間與萬有星系
通通可以折疊丟棄

你成為我回家的路
從此之後不再迷途

冒險王

拒絕前往可預見的方向
生命不是一串設好的解答

我要當最膽小的冒險王
準備啟航仍害怕風浪

隻身擁抱海洋
航向地圖以外的任何地方

我所在的船上
能照到太陽

但暴風雨盤旋的中央
才是魔法降臨的地方

熬過天亮

如果我的傷能為你指引方向
如果寫下的篇章能不再迷茫

我願意拒絕神秘化
拒絕前往看似美好的地方

我願意陪你
度過撕裂的當下

熬過天亮
我們選擇不再躲藏

翻過頁碼
我們還是新的發光

過程

因為看見星宿
所以前往

因為真心喜歡
所以在場

過程即目的
沿途風景都是嚮往之地

手動的光

不愧對離開的理由
過客都成了貴人

從泥淖的過去起身
正視所擁有的鐘

要不是當初的迷路
今天豈能在彼端呼喊

在害怕裡學會換氣
學會與漫漫長夜共生

從黎明到天亮
今後我是手動的光

把自己點亮
也為他人照亮

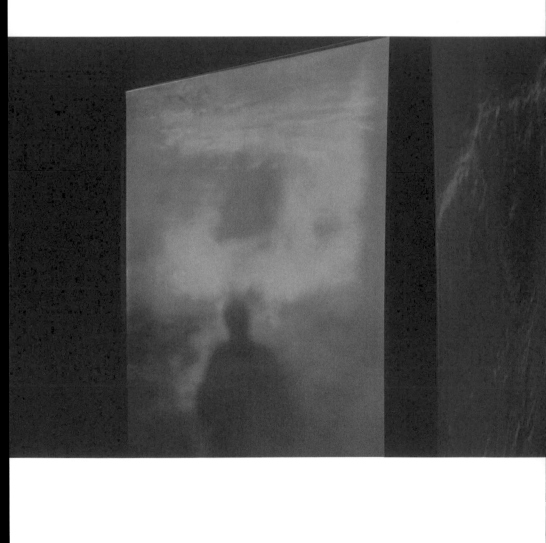

才華

成長不會定時內建
我卻盼你一生沒有才華

期許你永遠幼稚
不因善良而痛苦

留下來

惡意習慣在半夜降臨
死亡曾經那麼靠近

恐懼走過來直視眼睛
黑夜裡我無處可去

好險意志不夠堅定
才能從現在回望過去

那麼困難的未來呀
就這樣慢慢地走到了

其實也沒有很想離去
只是荒蕪讓我也失去生機

可是，
留下來
才能種下種子

留下來
才能將土地翻新

二十一世紀的神話

網路沒有促成更好的對話
總把貼文誤認成日常
將自己關進社群的高塔
出賣隱私換得更好的形象

消費沒有接近原本的夢想
科技真的有人性化嗎
我還是每天被廣告影響
在比較與比較中更加絕望

資本主義沒有走向更好的前方
有人仍住在郊區外的雅房
承擔首都的物價
好像出生前就決定了一生的走向

教育怎麼成了淘汰弱者的伎倆
履歷是另一種競爭的獎狀
已經很努力了啊
既得利益者卻喊著積極就能向上

我們還是領基本薪資的受僱方
平等只是誘人的童話
靠向資方的勞基法
適者生存是最好的法則嗎

越來越對不起百年前的思想家
人類沒有活成更好的模樣
地球其實不是適合居住的地方

我們要如何向下一代保障
我想有能力守護我的家鄉

美好的解答

偶爾聊聊不備生產力的夢想
畫一些沒有功能的塗鴉
如果你也願意靠近我喜歡的事
那太好了呀
我們的世界肯定能夠對話

我只望你行走不要匆忙
追趕前方的意志
沒有孤立等我的眼光
因為我也在學習、我也會成長
理解之前先選擇信任
就一定可以看見對方

世界總是混亂而荒唐
站原地也能失去方向
但時軸裡的種種過去
已經沒有任何拉攏力量
你是能忘卻所有過場
那樣美好的解答

小羊

不要豢養你不愛的小羊
不要使他認了你的方向
不要跟隨你辜負的信仰
不要讓話降落他的心上

用傷害的方式
也要告訴他
你進不來我的農場

如此這樣
迷了路的小羊
才有新的前方

如此這樣
不被愛的一方
才能將你遺忘

光害

我沒有勇氣讓你知道
往後日子我很難好好地走去
我不像人們只是需要對象
我是真的在你眼裡看過星光

但你就是那樣糟糕的人
明明知道我會懷疑
仍然放任我的傷心
你就是詩人眼中毀滅的海
我卻執意潛行

流星是那麼浪漫的事情
只是每次想起
就提醒了我們間隔光年的距離

遇見你以前，我看不見我的暗
你是光，也是光害
我的世界再也看不到其他行星

清醒的人

我也要當理性的人
說不愛就封鎖
把照片都回收

我也要當健忘的人
繁天還有星宿
諾言沒有虛構

我也要當清醒的人
明白你的前行
就是離我而去

偶然奇蹟

我準備好要聆聽所有秘密
也早就決定將它們忘記

你如何走來我都好奇
反正那都已經成為過去

但你卻不肯嘗試相信
愛你不是一個決定

它是宇宙爆炸的偶然奇蹟
沒有軌跡也沒有過去

愛的成像

我愛的人
心裡有傷
不喜歡房間有太陽

我告訴他
有沒有疤
都不影響愛的成像

／

我站在你旁邊
假裝自己是光

假裝自己
能把你點亮

仙人掌

你在我心中
種下了花

仔細一看
發現是仙人掌

長在缺水土壤
承受高溫豔陽

你不必探望
我依然成長

你不必愛它
我依然堅強

末日之後

我犯了錯
你卻說缺陷才能將情感保留

你笑了
萬物也靜止了

如果下一秒緊接末日
以後有外星人來考察地球
他們可以在愛裡記上一筆

世界撼動
我們不會走失
我確認完這件事情就夠了

一切好事都預備發生
末日之後的橙色清晨

後記　回到現在

　　一切都是從大學重考開始的。

　　因為重考開始使用Instagram記事，因為 Instagram 喜歡攝影，後來成為自由接案的攝影師。從 Instagram 裡觀察到許多有趣的現象，開始對學術研究產生興趣。在 Instagram 中被皇冠主編婷婷看到，才有機會出版這本攝影文集。一切都不是準備好的，好像都是先開始，過程中才慢慢「練習」變好的。

　　在 Instagram 上分享心情已經六年了，一直以來，攝影和寫作只是和自己對話的橋樑，從未想過能累積三萬多讀者，也從未想過把它們編成一本書。整理書稿剛好是我進入研究所，跨到人生下個階段的時候，對二十四歲的我來說，最重要的問題是「我是誰？」、「我要往哪裡去？」。

　　我的人生一直在迷路。

　　高中選填志願時只填了六所法律系，讀了半年後發現不適合自己，自修重考三個月轉到廣告系。讀了廣告系又因為喜歡攝影，輔修了圖文傳播系。畢業後進入傳播研究所，又花了一半以上的時間在社會系聽課，讀了社會學發現影響社會學家的好多都是哲學家，假日開始參加哲學講座，某天又誤闖了外校的神學工作坊……

以前我嚮往規劃好的穩定人生，途中卻常常遇到大霧、走了小路。誰會知道呢，因為迷路走過的小徑，在未來竟能串成意義。在那麼容易被摧毀的年少，幼稚的雜語正是一個個迷路的在場證明。

　　在這個年輕人畢業即失業的年代，選擇打工度假、唸文科研究所、做一份不賺錢但自己很喜歡的工作，統統會被列為不務正業的證明。這本書的出版，對我的學生身分不是「有用」的生產，它或許也是一個迷路的證明。

　　「少掉作這本書、少在社群媒體上遊蕩的時間，可以多看點書。」這樣的聲音是存在的。其實，我從未缺少看書的時間，只是透過閱讀所見的世界，需要留點空隙與過去的自己連結。空隙是開啟對話之地，也是催生創造的培養皿。

　　我從大二開始攝影接案，畢業時朋友都以為我會走全職攝影師的路。那時我只說，選了全職攝影，好像就沒辦法繼續讀書了。但是如果選了讀書，還可以在課餘接案，所以考了研究所。每天生活都有成本，花三四年拿一個沒什麼「實質效益」的學位其實很奢侈，但也從未想過要拿這個學位換到什麼工作，只是因為喜歡讀書，所以來了。

　　閱讀的過程中，尼采（F. W. Nietzsche）的書影響我很深。
　　一開始是因為我的好朋友，她喜歡的男生很喜歡尼采，我為

了幫她理解，自己也迷上了尼采。

尼采的「永恆回歸」是個神秘概念，它闡述一個獨特的時間觀。若生命有千百次的一再重複，你遇到的事情都會再來一次，這個「重複」可以逼使人回到當下，面對生命的每一刻，接受命運並熱愛命運。

「Amor fati」在拉丁語裡是「熱愛命運」的意思，不再執著過去的回憶，也不活在未來的想像裡，而是回到現在，為現在的自己創造意義。讀到尼采剛好是我失戀的時候，我願意讓這段回憶千百次的一再重複嗎？我能夠不再執著過去，僅僅接受它，轉身面向此刻嗎？

我感謝那帶我來到此地的事件，感謝帶來幸福及傷痛的人們，那才是讓我走到這裡，讓我成為「我」的原因。過去已經發生了，現在所要做的不是改變過去，也不是等待未來，而是回到現在，用此刻的每一個選擇創作自己的生命故事。

╱

一路走來的點點滴滴，現在都在這裡了。

《在場證明》收錄了攝影、散文和詩三種形式的作品。

我的攝影多在捕捉光影，或是荒涼的空景配上小小的人，像是創造一個安靜無人的烏托邦，當作自己的秘密基地。散文則是在烏托邦裡和自己對話的聲音。

最奇妙的是詩。以前我是不看詩的，直到遇見喜歡的人，他很喜歡詩。那陣子我開始寫詩。可是我既不學文學，沒有受過正規文字訓練，怎麼敢稱那些字是詩呢？那不是詩，那都是我出的謎語。

　　面對論述我可以努力練習，讓自己變得有邏輯有條理，但面對愛情，我時常不面對——我都躲進被子裡寫詩。詩乘載的是說不出口的秘密，一一包裝成謎語，等待那真誠的人，前來解題。

　　詩和攝影其實很像。攝影比起電影，就像詩對比小說。電影和小說需要一個故事的結構，包含情節的起承轉合。但攝影和詩不曾開始也沒有結束，它沒有時軸，如同攝影的定格，看似沒有時間，卻藏著無限的空間。

　　我希望自己可以像攝影或詩，朦朧的不必有形狀，真誠的可以大聲說話。他們像個語言不完全的小孩，時常在說夢話。若能仔細聆聽他們的夢話，也許也能找到迷途的方向。

　　《在場證明》從「暗的在場」出發，途中經過「光的在場」，進入「愛的在場」，最後抵達「不在場」。起初我望著畫好的未來，途中的迷惘卻帶來轉向，若抵達是為了停下，那我永遠不要抵達，我要一直在迷路的路上。迷路讓可能性浮現，生命因此有了改變的空間。

　　這些文字與影像都是過去的在場，不會影響往後的出發。

　　現在不是未來的「過場」，現在就僅僅是「現在」而已。現在就是過程，過程就是目的，迷路才找到青春的意義。